Angelikatessen

Angelikatessen

Angelika
Fürthauer

Verlag Denkmayr Linz

Vorwort meines Nachkommen

Es ist mir eine sehr große Ehre, für dieses Buch das Vorwort schreiben zu dürfen. Jene Menschen, welche mich kennen, und wissen, dass ich viel mit meiner Mutter in Sachen Lachdenkerveranstaltungen unterwegs bin, werden glauben, dass ich durch die vielen „Angelikatessen“ bereits eine literarische Magenverstimmung haben müsste. – Doch dem ist nicht so.

Gerade die netten Auftritte sind es, welche einem zeigen, wie man mit lustiger, aber auch tiefsinniger Literatur die Leute zum Lachen, Nachdenken – manchmal sogar zum Weinen bringen kann.

Wenn man die Gedichte so oft hört wie ich, dann lernt man diese auch bald auswendig. Man beginnt über so manches Gedicht nachzudenken und findet Verse, die einem schon sehr bald als Lieblingsgedicht immer wieder Freude bereiten.

Finden auch Sie Ihre Lieblingsgedichte, und lesen Sie diese Ihren Freunden und Verwandten vor. So ist es möglich, den Menschen ein Lächeln abzugewinnen, oder sogar einen tiefsinnigen Gedanken fassen zu lassen.

Ich wünsche Ihnen viel Freude mit dem Buch und freue mich schon jetzt, Sie bei einer unserer Veranstaltungen kennenlernen zu dürfen.

Christian

Am Rande der Wahrheit

Wann ih a Illustrierte find
und blattl's durch von vorn bis hint
denk ih, a Journalist hats guat.
Der kann schreibn, was sich tuat
und wird stoareich mit den Gerüchten,
wo ih verhungern muass beim Dichten.

Er braucht sich bei keinem Thema
vorm Mund a Blattl nehma.
Er kann liagn und übertreibn.

Über die Königshäuser schreibn,
was die Queen im Bett ausziagt,
wieviel a Star fürs Ausziagn kriagt,
warum die Prinzen und Prinzessen
beim Staatsbesuch nie Bohnen essen,
ob der Madonna ihr Balkon
Natur is oder Silikon,
ob du noch Heiratschancen hast
wannst dich mit achtzig liften lasst,
wen man fürn Oskar nominiert
und wer demnächst gschiedn wird.

Über olles kunnt ih schreibn.
Doch ih werd bei der Wahrheit bleibn,
weil sunst die Meinung außakimmt,
dass bei mir ah nur d'Hälfte stimmt!

Der Löwen-Zahnersatztherapeut

Wann mir beim außasteigen vom Bett
die Schwerkraft scho am Wecker geht
geh ih zu mein Lieblingsort,
wo auf mih d'Erleuchtung wart.

Vor unserm Haus, unterm Balkon
wachst, dort wo der Waschbeton
a winzigkloane Ritzn kriagt –
die man mit freiem Aug kaum siagt –
a dicker, fetter Löwenzahn
der mit verdientem Größenwahn
a Sonnenbad zu nehmen pflegt.

A Tat, in der die Antwort steckt,
dass nur der im Lebn was schafft,
der mit geballter Willenskraft
und der Energie des Lichts –
noch Wurzeln schlagn kann aus dem Nichts!

Alles ist möglich

Wann ma durchs Radio erfahrt
dass a Lottojackpot wart,
renn ih schnell in die Trafik,
kritzl mit verklärtem Blick
auf den Schein sechs Kreuzl hin
und tram davon, dass ICH dös bin
wann ih nach der Ziehung hör:
Wir gratulieren dem MILLIONÄR!

Dann ghört mei Lebn voll Sparsamkeit
endlich zur Vergangenheit.

Mein Krama fallt dös sicher auf,
weil ih plötzlich Sachn kauf,
die bei mir in all den Jahrn
noch nie im Einkaufswagerl warn.
Ih frag erst gar net nach'm Preis
und beim Zahln druck ih ihm z'Fleiß
a Packerl Euro in die Hand,
die noch mit an Klebeband
verschlossn san und nie gefalten
und sag: An Rest kannst dir behalten!

Mit dem nächsten Packerl Scheine
geh ih zum Autohändler eine.
Er sagt: Grüß Gott! Ih brauch net fragn –
Sie möchten an gebrauchten Wagn?

I h sag vornehm: Danke nein!
Heute darfs was Bessers sein,
glaubst, ih kauf dein alten Schrott,
wia ihn jeder Yugerl hat?

H e u t hab ih Lust auf ganz was Schens.
Gebns mir an 500er Benz
mit allen Extras! In der Art
wia ihn der Bundeskanzler fahrt
und für nebenbei, halt oafach so
noch ein Porsche Cabrio
in ROT, dös passt zu meine Schuah.

s'Geld leg ih Ihnen glei dazua,
es is ja nur a Kloanigkeit …
Die Lieferung hat etwas Zeit,
bringen Sie mir's später nach
weil ih z'erst noch a Weltroas mach!

Nächsten Tag bin ih scho weg.
Die Roben in mein Fluggepäck
san von DIOR und von ARMANI
und vor der Haustür steht mei Schani
der mir in Samthandschuach und Frack
die Tür aufmacht vom Cadillac.

Am Flughafen wartet der Jet
und d'Stewardessen schaun ganz bled
dass ih net, wia dö letzten Jahr
last minute nach Mallorca fahr,
sondern wia a Staatsbesuch
dösmal Luxusklasse buch.

Mach ih wo an Zwischenstopp
steig ih in besten Häusern ab
und wann ih an Hunger hab –
iss ih, FORTUNA Dank und Lob –
die mich erkoren zum Millionär –
koa Erdäpfelgulasch mehr.

Meeresfrüchte, Brüstchen, Lendchen!
Und der Brillantring an mein Händchen
wird von an Bodygard bewacht.

Wer sich vielleicht Gedanken macht,
ob ih zum Tanzen und fürs Bett
noch Chancen auf an Lover hätt,
den kann ih trösten: Mit der Kohle
reißt net nur oan auf! Da kriagst o l l e !

An jedem Finger locker zehn!
Die mich auf die Knia anflehn
sie wärn der Märchenprinz für mich …

Da gibts mir plötzlich einen Stich.

Der Wecker läut mit schrillem Ton,
ih lieg mitn Kopfpolster am Bodn
weil ih so schwitz von Kopf bis Fuaß,
dass der Hausarzt kemma muass.

Ih steck gehorsam s'Thermometer
unterm Arm und wenig später
sagt er: Tuan's mir den Gefalln –
wanns mih nächsts Mal nimma holn
wegn so an Schmarrn, dann wärs mir lieber …

SIE HABEN NUR DAS LOTTOFIEBER!

Shopping im Jugendstil

Weil s'Einkaufszentrum in der Stadt
am Zwickeltag Eröffnung hat
und tolle Schnäppchen hat für mih,
geh ih zum Orsay und Esprit,
zum New Yorker und Street One.
Wo halt die meistn Leut drin san.

Na, net Damen oder Herrn
die meiner Generation anghörn,
sondern die vorm Schulbus rauchen
und Clearasil gegn Wimmerl brauchn.

Solche verstelln mir d'Spiagltür
wann ih dort a Gwand probier.
Ih suach mir Leiberl aus, glei drei,
doch zu mein Schreck – ois nabelfrei,
geschaffen für an Brechreizmagn
und Teenies, die a Piercing tragn.

Macht nix, hab eh dahoam an Haufn.
Ih werd mir Unterhosn kaufn
wo man was an hat, wann mans tragt.

Aber der Wunsch bleibt mir versagt,
denn Frau trägt heute unterm Gwandl
vorn a Dreieck, hint a Bandl
namens Tanga oder String.
Dös zweitgenannte Wunderding
besteht gar nur aus a Schnur,
die mehr aufdeckt anstatt zua.

Da is gscheiter, ih verschwind!
Jedoch die Dame, die bedient
hat an gschärften Blick für Kunden;
denn wia ih sag, ih hab nix gfundn
machts mir die Tür auf, was bedeut:

MIA HABN KOA GWAND FÜR ALTE LEUT!

NeuWagen und gewinnen

Weil s'ganze Dorf scho drüber redt
und auch den Nachbarn nicht entgeht,
dass bei uns was Neues rennt –
ih hab mih von mein Altn trennt!

Ih kanns ja selber kaum noch fassn,
denn er hätt mih nie verlassn.

Er hat bei jeder Einkaufsfahrt
stundenlang geduldig gwart,
koa Urlaubsziel war ihm zu weit,
dass er mih net hätt begleit
und er hat tan, als ob nix wär,
wann nach a paar Glaserl mehr
hinter mir d'Gendarm her warn.
Da is er ganz alloane gfahrn
und wir habn uns schnell versteckt!

Er war auch immer sehr gepflegt,
drum is er viel bewundert worn.

Leider hat er mit den Jahrn
zum Rauchn angfangt und zum Saufn
und kanns bergauf nimma derschnaufn.
Drum is es auch zur Trennung kumma.

Ih hab mir halt an Jüngern gnumma
und glaub, dass dös koa Fehler war.
Andere wechseln olle Jahr!

Von sowas spricht doch niemand mehr.
Ziagt trotzdem wer über mih her,
dürfts ös ruhig weitersagn:

Ih fahr jetzt an neuen Wagn!

Kompliment an den Käfer

A Städter geht ins Autohaus
und sagt: Lachns mih net aus,
aber ih hätt so gern an Wagn
den man bucklkraxntragn
und auch alloa fortschickn könnt –
weil ih nia an Parkplatz find!

Der Händler sagt: San sie noch gsund?
A Auto is ja doch koa Hund!
Doch wanns oans gibt, was dös begreift
is a VW. Der läuft und läuft.
Aber leider gibts ihn nimma,
und gibts oan, läuft er eh nu immer.

Urlaub im All

Weil meine Nachbarn mir seit Jahrn
Urlaubskartn schreibn, wo's warn,
heuer segn sie sich bei mir load,
mein Urlaub wird a Weltraumfahrt!

Da kinnan sie sich dann verstecken,
denn ih fliag net zu Forschungszwecken,
für d'NASA, sondern rein zum Spaß
privat in der Touristenklass.

Ih woaß natürlich ganz genau,
dass ih mir leicht a Häusl bau
für so a Fahrt, doch immerhin
spar ih mir Reifen und Benzin
und brauch net wieder an Haufn
Urlaubsgarderobe kaufen,
denn im Weltraum kann neamd sagn,
ih hätt dös schon im Vorjahr tragn.

Ih brauch weder für Sonnencreme,
noch Mautpickerl, a Geld ausgebn
und hab koa Wetterrisiko.

Ih kann richtig schadenfroh
obischaun auf d'Autobau,
wia mei Spezi schwitzt im Stau
und endlich abseits vom Geschehn
auf d'Milchstraßn spazierengehn.

Dös was heruntn aufm Bodn
vielleicht der Eiffelturm z'Paris
und die Getreidegassn is.
Wegn der fahr ih hauptsächlich her.
Da hast nämlich koan Gegenverkehr,
koa Ampel und koan Polizisten.

Was mir fehln kann als Touristen,
is die Einkaufsmöglichkeit.
Zur Zeit gibts nämlich weit und breit
koa G'legenheit zum Geld ausgebn,

Koan Palmers, Schöps und koan DM,
koan Leiner und koan Kleiderbauer.
Aber am meisten bin ih sauer
dass koan McDonalds gibt im All,
Weil den gibts wirklich überall …

Was ih mir da ois erspar!
Hab ih doch bisher, wo ih war
meist nach drei Urlaubstagen scho,
im Kaufrausch s'ganze Geld vertan.

Oa Tatsach' macht mir große Sorgen.
Ih kann koa Souvenir herzoagn,
was der Tant Marie beweist,
ih hätt im Urlaub s'All bereist.

Vielleicht soll ih doch noch wartn
bis man bunte Ansichtskarten
und Blumenvasen z'kaufn kriagt …

Und weil ih Angst hab, dass wer siagt
wia ih womöglich kreidebleich
obaschau auf Österreich –
bleib ih vielleicht eh heruntn.

Denn ih brauch, die so erdverbundn
für'n Höhenflug koa Umlaufbahn,
dass ih vom Alltag abhebn kann!

Geständnis im Sexachterltakt

Im Herzen von Wien, in den Weinbergen draußt,
wo die Reblaus noch mit ihren Nachkommen haust,
hat a fröhliche Runde an Heurigen verkost.

Da hört man: Zum Wohle! Gesundheit! und Prost!
Sie stoßen aufs Leben, die Liebe, die Frau'n,
ja notfalls sogar auf sich selber noch an
und wünschen sich, wenn sie ihr Glaserl erhebn,
dös Tröpferl, dös müassats auf Krankenschein gebn!

Im Wein liegt die Wahrheit, sagt ein älterer Herr.
Jaja, lacht sei Pupperl, da liegt oft noch mehr!
Beim Fluchtachterl neulich hätt ih's fast übersegn –
oans mehr, und ih wär unterm – Gastgeber glegn.

Blechschaden mit Bügelfalte

A kloans Vehikel von an Wagn,
rundum verbeult und ganz verbogn
kimmt zur Waschanlage gfahrn.

Der Fahrer traut kaum seinen Ohrn
wia er hört: Dös mach ma gern!
Soll er auch gebügelt wern?

Fahrzeug ohne Kontrolle

Wird man als Kind auch schon belehrt,
dass man nur sagn derf, was sich ghört
und kriagt a Notn fürs Betragn –
sobald oana im eignen Wagn
als Lenker hinterm Steuer sitzt,
hat er seine Maniern verschwitzt.

Fahr halt endlich, Trottel bleda!
Wo samma denn, wann sich a jeder
so deppert aufführt auf der Straßn.
Megst mih gfälligst fürilassn?
Wannst dih net schleichst, schiab ih dir an,
siagst net, dass ih's trawig han!
Idiot, willst mit dein Karrn
zum Soafnkistlrennen fahrn?

Kimmt a Kreuzung, Ampel rot –
Vordermann, na Gnade Gott!
Bremsung, Fenster obidraht:
He Sacklbicka, is da fad,
fahr, für was hast d'Augn offn,
am Friedhof kannst nu lang gnuag schlafn!

Auch der Vergleich mit gwissn Tieren
is bei Straßenkavalieren
mit Ellbogentechnik sehr gefragt,
falls die Liachthupn versagt:

Du alter Esel, sei so guat,
vertschüss dih mit dein Sonntagshuat,
Platzhirsch, bist denn noch net weg,
bleib dahoam, du lahmer Schneck!

Auch dös san Regeln im Verkehr.
Und wann ih Autolenker hör,
die erzähln, sie habn bis heut
nie anderen an Vogel deut –
die fahrn entweder gar koan Wagn
oder an autofreien Tagn!

Diagnose im Wartezimmer

Hast d'Morgenzeitung ausgelesen,
bist mitn Hund scho Gassi gwesn,
stinkt dir dahoam die Hausarbeit
und dein Wirt hat Sperrtag heut,
kommt die rettende Idee –
du könntest ja zum Doktor geh!

Bei dein Hausarzt is nie fad.
Er hat die Bunte, s'Frauenblatt,
a Musi und bequeme, schene
Polstersessel mit a Lehne,
wo man sich entspannen kann
und hofft, ma kimmt nu lang net dran.

Auch wannst gsund bist und nix hast,
fühlst dich dort pudelwohl als Gast,
denn unter soviel Gleichgesinnten
wird sich schon a Krankheit finden,
die man vorher noch gar net spürt
und erst beim Zuahörn fündig wird.

Das Wichtigste bei solchen Themen
is Mitleid zoagn und Anteil nehmen
und dös Gfühl gebn, koana wär
kränker und leidender als er.

Jeder erzählt dir sein Symptom
was eahm weh tuat unt' und obn.

Ohrensausen und Migräne,
Augenflimmern, dritte Zähne,
Herzrasen und Ischias,
Bauchweh von an verhaltnen Schas,

Schlafstörung im fremden Bett –
wie guat, dass man darüber redt,
weil's mir sunst gar net aufgfallen war –
jetzt, wo du's sagst, spür's eh ih a!

Deswegen wird mih nie und nimmer
wer antreffen im Wartezimmer!
Mir dauert s'Warten einfach z'lang
und bin ih wirklich amal krank,
dann lass ih mir, dös is bequemer –
an Bergdoktor vom Fernsehn kemma!

Der Traummann

Seit man heut offen drüber red
wia's um den Herrn der Schöpfung steht
und auch beim Grönemayer kann
man hörn: Wann ist der Mann ein Mann …
hab ih a jetzt nachgedacht,
was an richtign Mann ausmacht.

Frauen, die noch auf Suche san,
geben darauf ganz spontan
die Antwort: Hauptsach, er is
S C H E !
Doch dös wird eahna bald vergeh,
weil dir um an schönen Mann
olle andern neidig san.

A Punkt, den keine Frau vergisst, is
R E I C H S E I N !
Aber Geld wia Mist
zählt nur, wann's oane selbst verdient
und kann eahm's zruckzahln, wann er spinnt.

Genau so wichtig:
G U A T I M B E T T !
Da schaust, wann er net woaß, wias geht
und noch bei seiner Mami schlaft.
Du bist fürs ganze Leben gstraft.

Dös nächste Wunschbild is
V E R W E G E N !
wia sie's in Actionfilmen segn.
Großwildjäger, Tiefseetaucher –
als Liebhaber unmöglich z'braucha
und wertlos, außer sie besitzn
a Lebensversicherungspolizzn.

A weitere Bedingung:
G S C H E I T !
Dös geht auf d'Nerven mit der Zeit,
weil ih beim Diskutiern nia gwinn
und ollwei selbst dö Blede bin.

Solche gibts zwar nach wie vor,
aber im Lauf der letzten Jahr
hat die Mehrheit längst kapiert
dass dös Modell net existiert,
von dem die Öffentlichkeit spricht:

Der Wunschtraum – Mann. Es gibt ihn nicht
und bringt nix, drüber nachzudenga.
Drum is a dös Gedicht net länger.

Liebe auf Abwegen

A enttäuschter Ehemann
ruaft sei Schwiegermutter an
und jammert: Ih reich d'Scheidung ein!
Mei Frau treibt sich tagaus, tagein
herum in zwielichtige Beisl
und kimmt in jedes Dorfwirtshäusl.

Ja, seufzt sei Schwimu, wanns was bringt.
Du glaubst also, dass sie trinkt?

Na, sagt er, dös is net der Fall
aber sie suacht mih überall!

Brillenkauf mit Durchblick

Da Huababauer hat an Knecht,
der siagt nimma, wia er gern mecht
beim Lesen und beim Kartn spieln –
drum kauft er in der Stadt a Brilln.

Da Optiker sagt: Sitz dih nieder,
öffne weit die Augenlider
und nun stelln wir mit an Test
die Sehkraft deiner Augen fest,
damit'st die richtign Glasn kriagst,
mit dö du wieder olles siagst.

Na, sagt der Knecht, um Gottes Willn!
Gib dir koa Müah – ih brauch nur Brilln,
ob weitsichtig, ob kurzsichtig
is mir überhaupt net wichtig –
Hauptsach, sie san durchsichtig!

Wertzeichen ohne Datumsstempel

Hat man laut Geburtsurkundn
die Frühjahrsstürme überwundn
und s'Spiaglbild zoagt erste Faltn –
zähl dich bloß net zu den Alten,
sondern freu dich und begreife:
Was an Wert hat, braucht sei Reife!

Schau dir die Tina Turner an,
wia die noch immer singen kann,
wia bei der Sophia Loren
d'Reporter heut noch Schlange stehn
und denk an die Brigitte Bardot –
die beim Wirt am Männerklo
noch hängt, wia's in die 60er Jahr
die Traumfrau von mein Altn war!

Wer auch ohne Weisheitszahn
späten Ruhm erwarten kann,
dass ihm das Alter Weisheit schenkt,
kriagt sogar Orden umighängt,
Nobelpreise und hohe Titel.

Auf Gurkenscheibn und Wundermittel
kannst daher getrost verzichten
und werdn die ehelichen Pflichten
leicht beschwerlich, dreimal täglich –
Viagra machts noch öfter möglich!

Alt – wird man nur auf dem Papier,
und wann die Antifaltenschmier
net die erwünschte Wirkung zoagt –
geh am Antiquitätenmarkt,
dort kannst den echten Kurswert hörn:
Alt kann nur was Neues wern!

Die jungen Alten

Seit wir aus der Statistik hörn,
dass d'Leut heut ollweil älter wern
und jeder dritte bald im Staat
an 60er aufm Buckl hat,
lasst auch mih dö Frag net kalt:
Ab welchem Zeitpunkt is ma alt
und wia spricht man die Altn an,
ohne dass beleidigt san.

A Ausnahm bilden die Personen,
die's Land um Altaussee bewohnen.
Die sans nämlich von Kloa auf gwöhnt
dass man's Altausseer nennt.

Auch bei an alten Ehepaar
brauch ih mih da net hart toa.
Die denken sich nix mehr dabei
wann ih laut: He, Alter! schrei.

Die Anred: Meine liabn Senioren!,
mecht ih eahna a ersparn.
Da kunntn's nämlich glaubn, ih ghör
zur Gattung der Politiker
und Stadträte, die vor den Wahln
und Muttertagen Schnitzel zahln.
Dös riacht nach Pflegestufe drei.
Ih glaub, da werd ih's liaba glei
die „ewig jungen Alten" nenna.

A junger Alter kann nu renna,
macht Kreuzfahrten, liebt edle Weine,
zoagt im Winter die Gebeine
in Tunis und Mallorca her
und lasst sich kneten vom Masseur,
der ihm die Wirbelsäuln ausbiagt,
wann er beim Golfen Kreuzweh kriagt.

Einschmiern und pflegn wia seinerzeit,
tuan d'Omis nämlich nimma heut.
Sie gehn shoppen, san auf Reisen,
verkehrn in schöngeistigen Kreisen,
nehmen an Yogakursen teil
und findn an McDonalds geil.

Großmuattal mit weißen Haarn,
die Rentn in an Strickstrumpf sparn,
nur d'Kuchl kennan und die Kircha,
gibts nur mehr in dö Märchenbüacha!

Samma uns ehrlich: Da braucht koana
um die entschwundne Jugend woana.
Und wann jemand sagt zu mir,
dass ih ollwei jünger wia,
sag ih: Danke, hat mih gfreit:
Pflanzt's mih net. Jetzt is so weit.

Denn dass ma alt is, merkt ma dann,
wann d'Leut sagn, dass ma jung ausschaun!

Im Thermenland

Wann dih nix mehr richtig gfreit,
und dein gestresster Body schreit
nach Wohlbefinden in der Wärme,
mach an Ausflug in die Therme.

Zum Wellnessen in Thermenländern
brauchst koan Koffer mit Gewändern
und auch koan Personalausweis.

Da is da Lehrbua wia da Greis,
a Zaundürrer wia a Blahda
und auch das Krampfaderngeschwader
hat koan Grund, sich zu genieren.

Nur das Mitbringen von Tieren
ist nicht erlaubt, is eh ganz klar –
außer sie san aufblasbar –
aber auch dafür is zweng Platz.

Dös Becken is auch koa Ersatz
für Feinwäsche bei 30 Grad!
Ein Erlebnissprudelbad
is nix zum umeinanderteufeln;
a guata Schwimmer muass verzweifeln
weil er leicht, wann er net schaut
sein Nachbarn d'Vorderzähnd einhaut.

Wellnesstiger und dö Gscheitn,
die Zusammenstöße meiden,
tummeln sich am Beckenrand.
Da muass der Gummizug beim Gwand
optimalen Druck aushaltn,
wann in an ausgleierten, alten,

a Düsn spritzt mit zehn Atü,
die dich aushebt, brauchst net viel
und dei aufgwoachter Popo
steht ohne Badehosn da!

Wär so a Anblick ein Skandal,
is in der Sauna ganz normal,
dass'd gehst, so wie dich Gott erschaffn.
Sollte dich da wer begaffen,
passiert dös höchstens unbewusst
oder es hat wer auf der Brust
a Hitlerbildl tätowiert.

Wer sich beim Saunen fadisiert
und braucht was, wo ihm auf die Schnelle
die Sprudelwirkungen der Quelle
den Alltagsfrust im Körper bannen,
kann sich im Whirlpool entspannen
und neue Lebensgeister wecken,
wo dös Wasser in dem Becken
wia in an Suppnhäfen raucht,
dös man zum Würstlkochen braucht.

Ja, wer in Themenländer reist,
erkennt, wie Körper, Seele, Geist
plötzlich wieder harmonisiert.
Du wirst zu neuen Ufern gführt,
wo'st draufkimmst: Ich bin es mir wert!
Und wer sowas dahoam net hört,
soll stattn waschn, putzen, kochen –
an Ausflug in die Therme machn!

Wellness nach Bauernart

Der Sekretärin aus der Stadt,
die ständig Stress um d'Ohren hat
wird vom Psychiater g'ratn,
a Wochenend im Heu zu badn.

A Bad im zarten Wiesenheu
macht neue Energien frei
und der Duft von Alpenkräutern
kann dunkle, wunde Seelen läutern.

Sie hat koan Dunst vom Lebn am Land
drum nimmt sie s'Telefon zur Hand
und fragt, wia so die Preise wärn.

Naja, kriagt sie vom Hof zu hörn,
da gibts an feinen Unterschied:
Möchten Sie OHNE oder MIT?
Denn bei der teuren Heubadkur
legt sich der Bauer a dazua!

Der Lückenbüßer

Im Dorfwirtshaus zur Goldnen Gans
sitzt da Sepp und sagt zum Franz,
dass sei Frau drei Tag nix redt,
wann er amal zum Stammtisch geht
und sperrt ihn stundenlang vors Haus.

Was, sagt der Franz, dös treibst ihr aus!
Tua so wia ih, damit sie's gwöhnt,
du Waschlappn, zoag ihr die Zähn't.

Geht net, jammert der Sepp, halts Mäul,
ih habs probiert – mir fehln scho drei!

Immergrüne Liebe

A Spezi aus der Pflichtschulzeit,
der koan Kontakt hat zu dö Leut
und daher auch kaum Heiratschancen,
redet mit seinen Zimmerpflanzen.

Jede hat an Kosenam.
Er fragt sie, ob's guat gschlafn habn,
prostet ihnen in da Fruah
mit dem vollen Spritzkruag zua,
wann er a Zigaretterl mecht,
fragt er's: Wird euch eh net schlecht?
Und is a Wahl in Österreich,
sagt er: Ih wähl Grün für euch!

Am Abend, wanns gestreichelt wern,
derfn's Brahms und Haydn hörn
und manchmal Zeit im Bild anschaun.

Nur im Umgang mit den Frau'n
gibt er sich sehr reserviert,
weil er net woaß, was ihm da blüaht!

Essen auf Rädern

Wer glaubt, dass man am Küchenherd
anghängt wär und eingesperrt,
hat koan Funkn Fantasie.
Der müasst miterlebn, wia ih
a richtigs Mittagessn koch
und nebenbei a Weltroas mach.

Ohne Gepäck – nur in der Schürzn
geh ih an Bord – mit den Gewürzen!

Ih wink mitn Gschirrtuach, sag baba,
nimm a Löfferl Paprika,
rührs im Pfandl unterm Zwiefl
und schon tanzn meine Stiefl
an Csardas druntn in der Puszta.
Ih kriag plötzlich so an Gusta
aufs lustige Zigeunerlebn,
aber net lang, denn gleich danebn
brauch ih nur am Deckl drahn –
und wia ih an Majoran
übers Gulasch drüberstreu,
bin ih bereits in der Türkei.

Da untn gfallts mir zwar net schlecht,
doch wann ih Türkn segn mecht,
brauch ih net in a Moschee,
da kann ih a zum Hofer geh…

Bei ihren Nachbarn find ih's netter.
In Griechenland, Korfu und Kreta
hol ih an Knofi und d'Melissn
und mach, vom Land ganz hingerissn,
Siesta im Olivenhain.

Da fallt mir s'Gulasch wieder ein!
Mein Gott, an Kümmel brauch ih a,
den hol ih mir in Afrika.

Ih siag Ägypten, s'Rote Meer
als obs drent beim Nachbarn wär,
geh im Geist Korallen tauchen
und kimm beim Wasserpfeifen rauchen
net im Traum auf die Idee,
dass ih dahoam beim Ofn steh.
Die Vorspeis liegt bereits am Teller.
Tomatenscheibn mit Mozarella,
verfeinert mit Basilikum.

Dös wachst viel weiter drunt, na bumm,
im warmen, subtropischen Klima,
ih fürcht, ih siag mei Hoamat nimma!

A Häuptling mit an Nasnring
und Lockerl wirft um mih a Schling
und sagt: Aus weiße Fleisch wie du,
kochen morgen ein Ragout!

Da bin ih weg. Dem pfeif ih was.
Wann ih mih von wem fresen lass,
soll's wenigstens aus Liebe sein…

Da fallt mir die Zuaspeis ein:
Ghachelte Gurken mit viel Dille.
Auf nach Indien! – und in Stille
beim Dalai Lama meditiern.
Ih mal a Punkterl auf mei Stirn
geh zu den Hindus und zum Buddha
Tempelhupfen nach Kalkutta

und besteig an Himalaya.
Dort feiern's mih ungeheuer,
weil's vor mir niemand gelingt,
der ihn mit Hausschlapfn bezwingt!

Da obn verschlagt's mir zwar die Ohrn,
doch ih muass noch nach Spanien fahrn
und a Prise Safran holn.
Der Hausarzt hat mir dös empfohln
gegn Schnackerl und gegn Magnbrenna –
und schon steh ih in der Arena.

A Torero steht vor mir,
hinter eahm a wilder Stier
und tausend Leut schrein auf den Plätzen.
Ih nimm den roten Abwaschfetzen,
wetz mir s'Messer, schrei: Ole –
und siag am Schneidbrettl – auweh!
Ih bin gar net im Stierkampf grittn,
ih hab mih bloß in Finger gschnittn…

Wird Zeit, dass ih in d'Heimat kimm
und a wohlbekannte Stimm
macht mir mei Rückkehr gegenwärtig:

Ja fix – is s'Essn noch net fertig?
Mecht wissen, wo'st heut wieder bist!

Mei, sag ih drauf, net dass ih wüsst –
aber wannst mih so bled fragst
kannst hinfahrn – wo der Pfeffer wachst!

Dinner fo one

Weil heut a Frau die Hausmannskost
vom Knorr und Iglo kochn lasst,
bietet dem künftign Ehemann
die Volkshochschul' an Kochkurs an.

Männer in der weißn Schürzn
schlagn Eier, lernen würzen
und wia ma kocht mit Maß und Ziel –
dass net zweng is und net zviel.

Ein Schüler tuat sich schwer beim Messn.
Mit seinen Zutaten fürs Essen,
hat allerhöchstens oana gnua.

Der Lehrer schaut geduldig zua
und belehrt sein Kursteilnehmer:
Wia du sparst, wirst net weit kemma,
und koa Familie ernährn!
Die Mengen müassn größer wern.

Geh, sagt der Lehrling, dös fallt flach,
ih werd eh nur Pfarrerkoch!

Seensucht und Meer

Zwoa gestresste Freizeittiger
sitzn nebmeinand im Flieger
und traman vor sich hin und her
wo's auf der Welt am schönsten wär.

Der oane sagt: Wann ih was plan,
gibts für mih nur den Ozean,
auf den ih scho von Kloa auf steh.
Wann ih bloß auf an WC
die Wasserspülung rauschn hör,
kriag ih scho Sehnsucht nach'm Meer …
Wanns net a Rechtschreibfehler war –
i h schreibat Meer mit stummen „H".

Oh, sagt der andre: Ih versteh!
Mir gehts genau so mit'm See.
Ih hab nämlich vor Seensucht
in Österreich mein Urlaub bucht!

Die Bräunungsmilchkuh

A Sommerfrischler aus der Stadt,
der nu nia a Kuah gsegn hat
macht Urlaub in den Bergen drin
wo er siagt, wia d'Sennerin
grad an Kuhbusen entsaft.

Da kickste! sagt der Gast, wie oft
hab ich das schon im Film gesehn
und hier seh ich sie plötzlich stehn!
Sie gute Frau, nun sagn sie mal,
warum tun sie das nicht im Stall?

Jaja, sagt drauf die Sennerin,
normal stehts eh im Kuahstall drin,
nur d'Bless is halt a Fall für sich –
die gibt nämlich a Sonnenmilch.

Im Kreisverkehrskarussell

Bin ih in dö früheren Jahr
nie freiwillig oder sogar
aus purer Lust am Fahrvergnügen
in mei Kraftfahrzeug eingstiegn –
machts mir jetzt sogar an Gspoaß.

Ih fahr nämlich so gern im Kroas!
Gradausfahrn auf Bundesstraßn,
und mit Vollgas renna lassn
war eh so eintönig und fad.

Im Kreisverkehr, wo sich ois draht
kannst bremsen, zruckschaltn und blinken
im Schritttempo dein Nachbarn winken
und wannst net grad a Gschirr mitführst –
Rundn drahn, bis'd schwindlig wirst.

Dös gibt mir um Häuser mehr.
Wia da Minister für Verkehr
woaß, dass mir seit Kinderjahrn
Ringelspiel und Praterfahrn
a himmlisches Vergnügn verschafft,
is mir zwar völlig schleierhaft …
erfahrn wird er's nie von mir,
sunst muass ih a nu zahln dafür!

Sowas hätt mir grad nu gfehlt.
Doch wann ma rechnet: Zeit is Geld,
is unterm Strich dös fahrn im Kroas
eh nix als a teurer Gspoaß!

Spritzfahrt mit Hindernissen

Wann die Sonn vom Himmel lacht
und er mit ihr an Ausflug macht,
damit sie anschließend im Grünen
die Liegesitze testen kinnan,
der muass zum Leidwesen entdecken –
die Spritzfahrt is koa Honigschlecken.

Er poliert sein Cabriolet,
sie nimmt ihr teuerstes Parfüm,
doch kaum sans draußt in der Natur
halten sie sich schon d'Nasn zua,
weil grad von an Nebenstraßl
a Bauer mitn Adlfassl
sein flüssign Saumist außiführt.

A Duft, der gar net inspiriert
auf einer Fahrt zu solchen Zwecken.
Drum biagt er auf a grade Streckn
wo möglichst wenig Kurven sand,
damit er mit der rechten Hand,
die arbeitslos is, dann bei ihr
umigreifn kann aufs Knia.

Leider hats ihm dös net gspielt,
denn auf an großn Straßnschild
steht, wia er's berührt beim Schalten:
Vorsicht! Bitte Abstand halten!

Er kann nur hoffen, dass bestimmt,
bald amal a Parkplatz kimmt;
doch wia er auftaucht, himmelfix,
wird aus dem Vorhabn wieder nix.

Sie müassn feststelln, dass' net geht
weil dort bereits a andrer steht.

In Uniform! A Wachorgan
und beide ziagn sich wieder an.

Er suacht nervös auf olle Viere
unterm Sitz nach dö Papiere
halts durch's Fenster voller Charme,
aber der freundliche Gendarm
is netta aus Pappendeckel!

Dös haut ihn derart aus dö Söckl
dass er beim Wegfahrn auf a Haar
a stockverliebtes Katzenpaar,
dös sich darunter amüsiert,
beinah übern Haufn führt
und die zwoa erinnert dran,
warum's eigentlich fortgfahrn san.

Drum: Hast was vor mit deiner Biene,
fahr liaba net mit ihr ins Grüne,
sondern tua's dahoam im Bett,
dann passiert dir dös ois net!

So schmeckt der Sommer

Wann die Temperaturen steign,
die Metzger Grillwürstl erzeugn
und die erste Wespn sticht,
dann stimmts: Der Sommer is in Sicht!

Fürn Handel is er da scho umma.
Sie habn ihr Lager vorm Summa
bereits zum halben Preis verschenkt
und s'Wintergwand in d'Auslag ghängt.

Dös reduzierte Schnäppchengwand
triffst wieder am Badestrand
wo ih oft den Eindruck hab:
Iatzt kimmt a Krieg, der Stoff wird knapp.

Da hoaßt dös Motto: Geiz is geil,
denn so a kloans Bikiniteil
erinnert an a Abfallstück
aus der Schneuztüachlfabrik.

Hintn nix und vorn net viel.
So lassn sie sich wia am Grill
bei an Bierzeltfest die Hehna
von ollen Seitn knusprig brenna.

Was mir am Sommer nu so gfallt:
Wanns hoaß is, bleibt die Küche kalt
und im G a r t e n steht der Koch.
Grillen is nämlich Männersach.

Männer haben dafür a Gspür.
Sie löschen die Koteletts mit Bier!
Den Trick verwendet keine Frau,
sonst wärs beim Kochen ständig blau.

Wer sich auf sportlichem Gebiet
beweglich halten will und fit
kann im eigenen Revier
Schnecken sammeln in der Früah
und geht im Nachthemd oder nackt
vorm Einschlafen auf Gelsenjagd.

Da brauchst koa teuers Sportgerät.
Wer gern Zeitung liest im Bett
kanns auch mitn Kurier derschlagn
oder nach Gelsenkirchen jagn.

Ja, so a Sommer bringt auf Tourn!
Und scheint die Stund auf unseren Uhrn
im März verschenkt am ersten Blick –
er gibt sie tausendfach zurück!

Sommerrückblick

Sommer in den dreißiger Jahren

Heumahn, Troadschneidn, schwitzen, plagn,
Ochsenfuhrwerk, Loatawagn,
dengln, wetzn, sensenmahn,
umkehrn, schöbern, Hiefeln drahn,
Fachtl fasten, Wiesbam legn,
Gottvertrauen, Erntesegn,
dicke Garben, goldne Ährn,
Gehorsam, Knechtschaft, strenge Herrn,
karge Kost, a großer Tisch –
Herrschaften auf Sommerfrisch.

Kein schöner Land in dieser Zeit,
doch Ordnung und Zufriedenheit.

Sommer in den sechziger Jahren

Allradtraktor, Ladewagn,
leichte Arbeit, nimmer plagn,
Motormäher, Heiger, Zetter,
Heubelüftung für schlechtes Wetter
Preißn, Nächtigungsrekorde,
Etagenduschen, Gangaborte,
Tiroler Abend, solojodeln,
Watschenplattler, Bräuch verdodeln,
Wirtschaftswachstum, Aufwärtstrend,
Geld ausgebn mit volle Händ.

Kein schöner Land in dieser Zeit,
wia mehra Geld, wia mehra Neid.

Sommer in den neunziger Jahren

Grünlandwirtschaft, Erntestress,
Fahrsilos und Rundballnpress,
Maschinenringe, Traktorlärm,
Preisverfälle, Bauernsterbn,
EU-Stützung für brache Flächen,
Tagestourismus, Ungarn, Tschechen,
Massenflucht per Flug und Schiff,
Traumurlaub all inclusive.

Kein schöner Land in dieser Zeit
und ollweil öfter redn die Leut
voller Wehmut von dö Jahr
wo da Summa noch wia damals war.

Das Kammerkonzert

Wer sündhaft laue Sommernächte
mit Kunstgenuss verbringen möchte
und kriagt für d'Opernpremiere
zur Festspielzeit koa Kartn mehr,
vergiss Nabucco und Aida –
bleib dahoam und leg dih nieder!

Mach s'Fenster auf und d'Augn zua,
schon hebt sich, pünktlich wie die Uhr
der Vorhang und a Primadonna
singt dich an, wia in Verona.

Live, und bis aufs hohe C!
Und wann dich ihre Arie
noch net außareißt vom Bett,
kemmans sogar im Duett
und tragn dir zu zweit was vor,
dass'd dös Gfühl hast, der Tenor,
der um dein Nasnspitzl schwirrt,
hat beim Caruso Gsang studiert.

So a Konzert verdient Applaus.
Ih hol mitn Fliagnbracka aus,
denn leider singt koa Helmut Lotti,
und schon gar koa Pavarotti
für mih so exklusiv pompös.
Der Opernsänger is a Göß.

Vom richtigen Zeitpunkt

Hab ih mir in früherer Zeit
die Arbeit einteilt wias mih gfreit,
leb ih jetzt in der Diktatur.
Mir teilt der Mond die Arbeit zua
wias in sein Kalender steht,
obs mir recht is oder net.

Der denkt sich nämlich Sachn aus,
dass ih mih tagein, tagaus
plötzlich an an Rhythmus halt,
der mir sunst net im Traum einfallt.

Eigene Pläne kannst vergessen.
Bin ih wo eingladn zum Essn
und er is zuafällig grad voll,
sagt er, dass ih fastn soll!
An solchen Tagen is viel gscheiter
ih geh in Wald und sammel Kräuter.

Is Blütetag und er nimmt zua,
a Sauwetter – ih mecht mei Ruah
weil man koan Hund net außijagt –
muass ih unter d'Leut. Er sagt,
dass wir a neue Freundschaft schliaßn
und Kontakte pflegn müassn.
Solche Tipps kann er sich sparn,
weil ih weder a Auto fahrn,
noch eine Menschenseele siag
und statt an Freund an Schnupfn kriag.

An sogenannten Wurzeltagen
liegt er mir sowieso im Magen.
Ih soll Gewohnheiten ablegn!
Wahrscheinlich hat er etwas gegn
Genussraucher und Kaffeetanten…

Da kann er bei mir net landen,
so weit lass ih's nämlich net kemma
und mir meine kloan Laster nehma!
Günstig is zu solchen Zeiten
auch Staub wischen und Nägel schneiden
und falls dih stören oder beißen –
unerwünschte Haar ausreißen.

Hätt ih a freies Wochenend
und sei Kraft is abnehmend,
derf ih – wia andre – net an länger
schlafn und nix toa denka.

Da redet er mir nämlich ein:
Die Hausarbeit geht von allein!
Wohnung, Gschirr und Wäsche strahlt,
wann ih mih an sein Rhythmus halt
und ois geht locker von der Hand.
Ih soll's probiern und s' ganze Gwand
ohne den Weißen Reisen waschn,
s'Ergebnis wird mich überraschn!
Er hat recht – es is viel reiner,
doch manches auch zwei Nummern kleiner…

Wer nachher unsre Wohnung siagt,
fragt: Habts ihr neue Möbel kriagt?
und es wirkt sogar bei mir.
Denn wia ih d'Spiagltür polier,
schau ih zur Vorsicht zwoamal hin.
Dös gibts doch net, dass ih dös bin!
da is a Hex in unserm Zimmer –,
den putz ih sicher zehn Jahr nimmer.

Ih kimm vom Keller bis aufs Dach,
dann schau ih im Kalender nach:
Was tuat er mir als nächstes z'Fleiß?
Da kann ih lesen, – schwarz auf weiß –
dass wir übersiedeln solln.
Jetzt kann ihm bald der Teufel holn.

Ih hab koa bisserl Freizeit mehr.
Am Sonntag muass ih zum Friseur
zum Haar abschneidn, weil da grad
der Löwe starken Einfluss hat.
Wann ih auf seine Kräfte schwör,
kriag ih a Mähne so wia er.

Der Mond diktiert mih s'ganze Jahr.
Doch ih darf ihm net unrecht toa,
denn manchmal moant er's guat mir.

Sei abnehmende Kraft im Stier
schenkt mir zum Beispiel stille Zeiten.
Da soll ih Anstrengungen meiden,
olle Viere grad seinlassn,
mih nur mit mir selbst befassn,
statt Unkraut jäten, Blumen spritzn
mit Sonnenbrilln im Garten sitzn,
mih neu einkleiden und reisen
und dem Rest der Welt beweisen,
dass ih nie darauf vergiss,
wann m e i n „richtiger Zeitpunkt“ is!

Zauber der Musik

Wird das Lebn mit seinen Lasten
zeitweis zu an Leierkasten
und es gfreit dih gar nix mehr –
dann müassn a paar Männer her,
die dir Glücksmomente gebn
um dih in Himmel einiz'hebn.

Der Mozart Wolferl is so oana.
Der kann dir die schweren Stoana
die dich druckn auf der Brust,
so wegzaubern, dass wieder Lust
auf neue Lebensfreud erwacht.

Wann du schlafn gehst auf d'Nacht,
möchtst von wem gestreichelt werdn
und hast außer an Teddybärn
nix brauchbares in deiner Näh –
greif zu Schumann und Chopin!
Sie öffnen dir die Flügeltürn,
die ins Reich der Träume führn.

Bist bsessn von an neuen Plan,
aber der nötige Elan
verlasst dich dabei mehr und mehr –
dann muass der Richard Wagner her!
Er baut dih auf mit Glückshormonen,
die dich neue Dimensionen
des Irdischen erahnen lassn.

Und wannst grad Lust aufs Tanzn hast
und koa Verehrer weit und breit
der dich aufs Parkett begleit –
probiers mitm Walzerkönig Strauss.
Der reißt dir förmlich d'Haxn aus
und weckt wieder die Lebensgeister.

Ja, die Musik der altn Meister
baut dih auf und geht voll eini.

Und wann a junger Schlagerheini
von der wahren Liebe singt
und dei Herz zum Schmelzen bringt –
glaub eahm nix, du wirst bald merka –
er kann nix tuan ohne Verstärker!

Der Freund von gegenüber

Im Fruahjahr, wann da Schnee zergeht
und in jeder Zeitung steht
a mehrseitiger Farbbericht:
So kommen sie zum Traumgewicht!
Rank und schlank in nur 6 Tagen!

Hör ih meinen Spiegel sagen:
Bitte, tua da bloß net mit!
Lass mir den kleinen Unterschied,
den ih bei deinem Anblick merk.

Du bist a Gesamtkunstwerk
in Formgebung und Qualität,
und so etwas zerstört man net
mit Krautsuppn und Abführtee.
An dir is jedes Kilo sche!

Bierige Lösung

Im Nachbarhaus wohnt seit an Jahr
a unterschiedlichs Ehepaar,
er is im Wirtshaus bestens drauf
und sie löst Kreuzworträtsel auf.

Im Denksport kennt sie olle Kniffe.
Die Meeresbusen und die Riffe,
die Könige von Alt-Ägypten,
den Zeus und seine Geliebten,
die Tropenbäume z'Afrika,
die Staaten von Amerika
und dass der Zweibuchstabenfluss
z'Italien der Po sein muss.

Nur im Kasterl „Lebensbund"
wüsst sie net, was sie hinschreibn kunnt.
Dös Rätsel hat ihr Alter glöst,
der sich derweil im Wirtshaus tröst
und mit a Fahne sagt zu ihr:
Was Ehe hoaßt, dös is mei Bier!

Mama

Die Welt kennt tausende von Sprachen
und unzählige Melodien,
doch nirgendwo steckt soviel Zauber
wia im Wörtchen M a m a drin.

Mama, dös klingt wia Lieblingsplatzerl
mit lebenslangem Pachtvertrag,
ohne bestimmte Öffnungszeiten,
koa Urlaub und koa Ruhetag.

Mama, dös is sowas wia Aspro,
verpackt ohne Rezeptgebühr,
bei an neuen Backenzahn
und an Pflasterl aufm Knia.

Mama, dös hoaßt Shuttledienst
zu Flötenstunden und Ballett,
Kindergeburtstag und vorm Schlafen
Märchenstunden live im Bett.

Mama, bedeutet Riesenwaschkraft,
die gegn die ärgsten Flecken gwinnt,
wann Spaghettisoß und Ketchup
übers weiße Leiberl rinnt.

Mama, dös hoaßt Seelentröster,
wann die erste Liab zerplatzt
und der Lehrer mit an Fünfer,
d'Mathe-Schularbeit verpatzt.

Mama, dös is sowas wia Heimat,
aus der man nie vertrieben wird
und bleibt ungestillte Sehnsucht,
wann man sie zu früh verliert.

Mama – is nur a oanzigs Wort.
man könnts zigtausendmal umschreibn,
doch wer's versuacht, der spürt sofort,
es wird u n b e s c h r e i b l i c h bleibn.

Vorbild zur Nachahmung

Du bist anders als die andern,
langweilig wird's bei dir nia,
machst mein Tag zu an Erlebnis
und dös mag ih so an dir.

Du stehst voll zu deinen Launen,
pfeifst auf die Beständigkeit,
scherst dih net um Morgn und Gestern
und die Meinung andrer Leut.

Du kannst finster schaun und lachn,
fragst net; mach ih's jedem recht?
Ehrlich gsagt – verruckte Sachn –
wo ih so wia D u sei mecht!

Flüchtlingsopfer

A Freundin, die sich immer schamt,
dass sie aus Oberschweinbach stammt,
erzählt mir in der Diskothek,
sie heiratet jetzt endlich weg.

Der Mann, der sie zur Frau begehrt,
hätt mih a amal verehrt,
aber er wär ih bestimmt
und sie is froh, dass weggakimmt.

Ih fang laut zum Lachn an,
dass ih mih nimma haltn kann,
weil ih ihr's so sehr vergunn:
Der wohnt in Unterstinkenbrunn!

Hilfe ohne Hintergedanken

A junger Führerscheinbesitzer
siagt mit sein auffrisiertn Flitzer
a Weiberl ausn Kaufhaus geh.
Er bleibt vor Hilfsbereitschaft steh
und fragt sie durch die Wagentür:
Muattal, kumm fahr mit, mit mir,
mit deiner schweren Einkaufstaschn!

Na, sagts, ih lass mih net vernaschn,
draht sich um und lasst'n steh –
ih fahr besser, wann ih geh.

Herz ist Trumpf

Wann dich das Lebn auf d'Probe stellt
und dir dabei der Durchblick fehlt –
wälz dih net stundenlang im Bett –
soll ih – oder soll ih net,
was is dös Richtige von beiden…
wart ab und lass dein Herz entscheiden.

Dein Herz is immer auf Empfang.
Wannst dih fürchst, dann wird ihm bang,
bist außer dir vor lauter Freud,
hupfts und pumperts wia net gscheit,
und findst net hoam vom finstern Wald,
kanns sein, dass dirs in d'Hosn fallt.

Es dirigiert in aller Stille,
die Wechselbäder der Gefühle
und gibt ois, was dich reicher macht.

Bis die erste Liab erwacht
und erobert sich a Platzl.

Armes Herzerl! Bumstinazl.

Jetzt is mit da Ruah vorbei.
Plötzlich is es nimma frei
und schlagt wilde Kaprioln.

Wannst es net festhaltst, wirds dir gstohln…
Man kanns gewinnen und verschenken
und der's verliert, der muass bedenken:
Wanns amal in Flammen steht,
kimmt jede Feuerwehr zu spät!

Und trotzdem bleibts net gern alloa.
Da wirds einsam und zu Stoa.
Es braucht jemand, für den es schlagt
und s'Glück der Welt in Himmel tragt,
dös spürbar wird im Augenblick.

Die Freud, den Frieden, die Musik –
Dinge, die koa Ohr mehr hört
san Stimmungen, die s'Herz begehrt,
damit es in dir aufgehn kann.

Dort fängt die wahre Heimat an,
die uns durchs ganze Lebn begleit –
in herzlicher Verbundenheit!

Auf Schuss mit 50 plus

Wann deine Freunde s'Glas erhebn,
wünschen dir a langes Lebn
und bemerken nebenbei,
du sollst dich nicht auf s'Altwerdn gfrei –
sag: Ihr brauchts mih gar net warnen,
heut kann man die Wehwehchen tarnen!

Wer Kleingedrucktes nimma siagt,
weil ihm der Graue Star zuafliagt,
kann mit teuren Designerbrilln
sei schwache Sehkraft überspieln,
täuscht mit an Hörgerät im Ohr
die Kopfhörer vom Walkman vor
und brauchen die marodn Knia
und Hüftgelenke mangels Schmier,
bereits an Gehstock zum Begleiten,
sei schlau und kauf dir gleich an zweiten,
dann fallst gar net auf im Rennen,
dös olle „Nordic Walken“ nennen!

Fragn für die Millionenshow

Wer schickt die Mutter Sonne schlafen?
Was macht der Wind, wann er net waht,
und wird die Erde denn net schwindlig,
wann sie sich im Finstern draht …

Wer richt' an Morgenstern an Wecker?
Is der Abendstern nia müad
und wird der Mond, wann er grad voll is
von der Funkstreif kontrolliert?

Lauter kinderleichte Fragn
die nur an Großer wissn kann.
Mit dem fifti-fifti Joker
und an gsundn Weisheitszahn.

Mutter – tag – täglich

Du hast mih unterm Herzn tragn,
hast dih auf mih gfreit,
bedingungslos, ohne zu fragn
was dös für dih bedeut.

Ois, was dir vorher wichtig war
hat plötzlich nimma zählt,
nur ih, dös kloane Zwutschkerl, war
dein Mittelpunkt der Welt.

Du gehst mit mir den erstn Schriatt,
fühlst jeden neuen Zahn
und bewunderst mih, wia ih
am Topferl sitzn kann.

Du wirst mei Vorbild, wia ma richtig
mit beide Füaß am Bodn steht,
du selber nimmst dih gar net wichtig,
Hauptsach is, wanns mir guat geht.

Dann fliag ih aus vom warmen Nest,
wo du mih „Ich“ sein lasst,
obwohl ih ois ganz anders mach
als du dir's vorgstellt hast.

Wann ih dös olles recht bedenk,
dann wird mir dabei klar:
Der Muttertag ghört aufgeteilt
über dös ganze Jahr!

Weihnachten – mehr als nur ein Wort

Weihnachten, elf kloane Buchstabn
zum erlebn und zelebriern,
und wer a bisserl Fantasie hat
darfs auch sinnvoll buchstabiern:

W – wie Wünsche,
E – wie Eile,
I – wie Immer wieder schön,
H – wie Himmlisch und Hosanna,
N – wie Niemand übersehn.
A – wie Alle Jahre wieder
C – wie Christbaum,
H – wie Hast,
T – wie Teuer
E – wie Engerl
N – wie wannst NIX gscheits kriagt hast!

Vorfreude im Verpackungsfieber

Liegt die Adventzeit in der Luft,
beschert uns Honigkerzenduft,
Punsch und Winterzaubertee,
hätt ih den Wunsch: Geh, Zeit, bleib steh –
tät mih vor den Feiertagen
die Neugier net so furchtbar plagn.

Wann die Papier- und Plastiktaschln,
Gold- und Silberbandln rascheln,
wanns hinter verschlossnen Türn
Mascherl bindn, Packerl schnürn,
jeder sagt, du derfst net schaun
und ih dös kaum erwartn kann –
fliagn am Heilign Abend bei mir
die Fetzn – vom Geschenkpapier!

A Briafal ans Christkind
(vertont)

Heut gib ih a Briafal ans Christkindl auf,
leg's außi vors Fenster, schreib „Himmelspost" drauf,
und wann ih recht brav bin und fest davo tram,
dann liegt was unterm Bam.
A Puppn mit Haar,
die Mama sagn kann,
a Büachl, sche bunt
zum Bildl anschaun,
a Pferdal zum Schaukeln,
a wollane Haubn – du muasst nur daran glaubn.

Die Jahr, sie vergengan, die Kinder wern groß,
die Wünsche von einst falln da nimma in Schoß.
Iatzt muasst dih alloa auf die Suche begebn
was wirklich zählt im Lebn.
A Häuserl für zwoa,
a Tisch und a Bett,
a Herz voller Gmüat,
wo's warm daunageht,
A Hand in der dein', wo ma Hoamat verspürt,
is dös schenste Geschenk, wanns Weihnachtn wird.

Wunder der Weihnacht

(vertont)

Wunder der Weihnacht
kennt koane Grenzn,
Christbamal leuchtn
Kinderaugn strahln.
So is es olle Jahr –
doch so wias früher war,
wo ma jahraus, jahrein
uns auf was gfrein,
so wia damals
wirds nimmermehr sein.

Glitzernde Straßn
hastende Menschn
ois kann ma kaufn
netta koa Zeit.
Mehr in uns einihörn
dann kunnt ois anders wern
wann ma mehr dengan
und net nur begehrn.

Andorfer Chöre
Seeleitenchor Weyregg
Wunder der Weihnacht

Weiße Wochen erwünscht

Wer glaubt, dass in der stillen Zeit
die oanzign Sorgn von dö Leut
sich auf den Einkauf von Geschenken
und die Weihnachtsgans beschränken –
der hat sich gewaltig g'irrt.

A zweites, großes Thema wird
für sie wichtiger denn je:

HAMMA ZU WEIHNACHTEN AN SCHNEE?

Olles draht sich um dö Frag.

Und sie blattln jeden Tag
im Hundertjährigen Kalender,
verfolgn auf olle Fernsehsender
die aktuelle Wetterkartn,
betrachtn d'Wühlmäus in ihrn Gartn,
horchn im Radio jede Stund
ob net a Kaltfront kemma kunnt,
klopfn wia wild aufs Barometer
und jammert laut Biowetter
da Opa oamal über d'Gicht –
sagns: Na endlich! Schnee in Sicht!

Die Liftbesitzer stehen draußt
und beuteln der Frau Holle d'Faust:
Rühr dih, du faule Weibsperson!
Verlass dih net auf d'Schneekanon,
hol dein Bracka und leg los,
dass d'Federn fliagn, sunst blüaht dir was!

Doch mit ihr is net zu spaßen.
Und lasst sie plötzlich solche Massen
aus ihrn Wolkenstüberl schneibn
dass sogar d'Autos stecknbleibn
und s'Fuaßvolk hauts auf d'Nasn her,
bestätigt uns dös oamal mehr:

WANN FRAUEN A WEDA MACHN
HAT NUR A SCHNEEMANN WAS ZUM LACHN!

Schöööne Weihnachten

Weil d'Menschen unterm Weihnachtsbaum
meist findn, was sie eh scho haum
oder gar net brauchn kinnan,
kann ma nie bald genug beginnen,
dass man an Artikel find'
der wenigstens der Schönheit dient.

Weniger is da oft mehr.
Ih bin schließlich koa Millionär
der umhaun kann mit seinem Geld.

Für a Bodygel von Lagerfeld
gib ih koa Vermögen aus.
A Schaumbad ausm Lagerhaus
mit Reißbürstn im Angebot
macht reife Haut genauso glatt.

Dafür schenk ih der Pepi-Tant
an Wellness-Tag im Thermenland
in Geinberg. Da hats gwiss a Freud,
dahoam wascht sie sich eh nia gscheit …

Beim Opa tua ih mih da schwer.
Mit dem Gutschein vom Friseur
den ih gwunna hab, letzts Jahr
für Dauerwelln, kann er nix toa.

Da gibts a andre Geschenksidee.
A Tuach, wia mans als Prämie
bei a Fetznparty kriagt,
die koane Fussln nach sich ziagt.

Dös is zwar nur fürn Staub gedacht,
doch wanns in der Heilign Nacht,
falls die Gebrauchsanweisung stimmt –
da Opa für sei Glatzn nimmt –
glaub ih, dass er garantiert
a glänzende Erscheinung wird!

Mitn letztn Gschenk tua ih mih hart:
Denn wer dös kriagt, fragt sich sofort
warum ih's selber net verwend.
Es is a Schönheitswochenend
inklusive Reparatur:
Fettabsaugung, Frischzellnkur,
Ohrlapperl kürzn, Busn hebn –
doch wem sollst so an Gutschein gebn
wo jede, ih wills gar net nenna,
dös Gfühl hat, sie war eh dö Schena!

Dass ih mir koan Verdruss anfang,
verwend ih'n halt als Baumbehang
und wia er obn hängt – siehe da
woaß ih – der Gutschein hilft mir a –
denn unser Christbaum wirkt dös Jahr
strahlend schön wia nie zuvor!

Der Weihnachtsmann

Bin ih inzwischen aufgeklärt
dass dös Christkind net auf d'Erd
zu den Kindern obafliagt
und man von ihm Geschenke kriagt,
dass uns net der Osterhas
die Eier einilegt ins Gras
und Krampal auch nur Menschen san –
wer bitte is der Weihnachtsmann?

Früher hats ihn ja net gebn.
Er tritt erst jetzt in unser Lebn
und drum woaß ma nix Genau's.
Is er vielleicht mitn Nikolaus
verschwägert oder bluatsverwandt?

Ih befürcht, sein Herkunftsland
is wieder amal Amerika,
wia andre blede Sachn a.

A Österreicher is er net.
Denn wann a Einheimischer redt,
sagt er: Grüaß Euch! Ih bin da!
Und net wia er, nur „Hohoho"!

Verheirat' kann er a net sei
oder a Freundin habn nebnbei.
Die vernachlässigt er nur.
Aufm Stadtplatz schaut ois zua
und tuat er's mit ihr draußt im Wald,
is um die Zeit scho viel zu kalt.
Außerdem is er zu alt,
schwerfällig und viel zu blad
von Zuckerln, Punsch und Schokolad.

Aber was geht uns dös an.
Vielmehr interessiert uns schon
wia man zu so a Hakn kimmt:
War's ihm schon in der Wiagn bestimmt,
hat er d'Berufsschul absolviert,
oder nur Weihrauch inhaliert,
oder is er zu olln z'bled,
dass er netta pfuschn geht …

A Thema, wo man sich auch fragt
was er denn im Sommer tragt.
Er kann doch net im Arbeitsgwand
im August am Badestrand
mit Zipflhaubn und Stiefel stehn,
oder als Eisverkäufer gehn.

Wann er da gsehn wird, sagn die Leut:
Mei, Weihnachten is nimma weit!

Und schon siagt mans in rauhen Scharn
zum Lidl und zum Hofer fahrn,
weil man dort im Juli scho
Weihnachtskugeln kaufn kann.

Freunde, da wird mir direkt bang!
Denn es dauert nimmer lang
und der Weihnachtsmann hat schon
a ganzes Jahr sei Hauptsaison.

Dös könnt ih net überstehn.
Pack ihn beim Bart und dann verbrenn
ih eahm sei rote Zipflhaubn –
denn ih will ans Christkind glaubn!

Eilbrief ans Himmelspostamt

Liebes Christkind!
Erinnerst du dich noch an mih?
Als Kind hab ih immer an dih
an Wunschzettel ins Fenster gstellt
und du bist obagflogn auf d'Welt
und hast mir in der Heilign Nacht
zum Christbaum die Geschenke bracht.

Dös war a großer Augenblick
in mein bescheidnen Kinderglück
und ih denk noch voll Wehmut dran,
dass ih dös nimma zuruckholn kann.

Es war meist nur a Kloanigkeit,
aber die hat mir mehr bedeut
als heut die unnötigen Sachn.

Ih mecht dir ja koan Vorwurf machn,
denn du kannst wirklich nix dafür
dass uns so guat geht wir nu nia.

Schau vorbei bei uns dahoam.
In jedem Haus is sche und warm,
wir habn an Fernseher vorm Bett,
DVD und Internet,
a Auto, dös oill Stückl spielt,
die Supermärkte san befüllt
mit Zeugs wia im Schlaraffnland
und d'Möbel und dös neue Gwand
san nächstes Jahr scho wieder alt.

Für ois, was nimma schmeckt und gfalllt
muass sofort was Neues her.

Nur unsre Herzen, die werdn leer.

Mia san so reich, es is ois da
doch irgendwie geht uns was ab.

Wir habns im Überfluss vergessn
wia guat a oafachs Mittagessn
und a truckas Stückerl Brot
schmeckt, wann ma an Hunger hat.

Sag, Christkindl, kannst denn nix toa
dass wieder wird, wias früher war?
Du woaßt bestimmt, warum dö Leut
so traurig werdn zur Weihnachtszeit.

Die Frag, die mih so sehr bewegt
hab ih aufs Fensterbrettl glegt,
wo ih bald drauf die Antwort find.
Da les ih:

L i e b e s   M e n s c h e n k i n d !
Du verlangst a bisserl viel.
Was euch fehlt, dös is a Ziel
für dös sich's wieder lohnt zu leben.
Ihr seid vom Luxus heut umgeben
und da is s'Schenste nimma sche.
Denn olles, was seit eh und je
fürs Glück der Menschen wichtig war,
bleibt für die Augen unsichtbar!

A Jahr is bald wieder verganga

A Jahr is bald wieda verganga,
ums Handumdrahn is goar,
und wieder hoaßts pfüatn und danga
für ois, was uns gebn hat und woar.
Die Blattln auf unserm Kalender fliagn
wias Lauba im Schneewind davon
mia wissn net, was ma für Zeitn kriagn,
mia kinnan nur vertraun.

Dös Gestern beginnt scho zu schwindn,
is voll von tausend Fragn,
die Wege zum Morgen zu findn
die zu neuen Ufern uns tragn.
So wia ma's a drahn oder wendn werdn –
es ziagt uns oill Jahr in sein Bann,
sobald ma dös Alte zur Tür rauskehrn
und s'neue Jahr fangt an.

Die Kalenderzeit

Kaum is dös alte Jahr vorbei
und meine Nerven san ollwei
wia d'Weihnachtskekserl – fast am End
wird mir dahoam die Tür eingrennt.

Rauchfangkehrer, Wasserretter,
mei Versicherungsvertreter,
s'Kinderdorf, die Tierschutzfreunde,
der Briaftrager und die Gemeinde,
Banken, Metzger und mei Kramer,
der Bauernbund, der Tierbesamer,
ja sogar der Steuerpfänder –
jeder bringt mir an Kalender!

Wann ih d'Leut a redn hör:
Oje, scho wieder oana mehr
der unnütz in der Gegend hängt –
ih gfrei mih, wann mir wer oan schenkt
und wünscht mir damit Segn und Glück!

Ih bin im ersten Augenblick
zwar auch perplex und schau ganz bled,
doch nur, bis mir a Liacht aufgeht!

JEDER KALENDER IS A JAHR,
dös ih gschenkt kriag zum Vertoa,
da steckt Zeit drin – Ende nie!

Und die werd ih mir für mih
und meine besten Freunde nehmen
bis nächst's Jahr – neue außakemman!

Die letzte Blüah

(vertont)

Die letzte Blüah vom Rosnbam,
hats zu mein Fenster zuwitragn,
sie war mitn Schneewind auf der Roas
durchs kalte Land.
Die letzte Blüah vom Rosnbam,
is scho vom Rauhreif überzogn,
grad so, als hätt ih reines Silber in der Hand.

Schaut da Winter scho eina,
viel zu bald kimmts da für,
lass d'Adventkerzn scheina
dass warm wird in dir.

Die letzte Blüah vom Rosnbam
is in da Früah vorm Fenster glegn,
damit ma gspürn, dass um die Zeit nu Wunder gschegn.

Inhaltsverzeichnis

Weitere Bücher von Angelika Fürthauer

erschienen im Verlag Denkmayr, Linz

Jahresringe

Gedichte in OÖ. Mundart (Gebiet Attersee)

64 Seiten · € 11,50 · ISBN 3-901838-63-5

Die ersten Gehversuche der Autorin mit heimatlichen Gedichten im Jahreskreis mit Texten, die vom Vater vertont wurden.

Aus dem Inhalt:

Mei Landl Oberösterreich –
Wann da Attersee stilliegt –
Rund ums Jahr – An deiner Hand –
Zwiegespräch von Ochs und Esl …

Zu der Hohzat

(vertont)

An deiner Hand durchs ganze Lebm wandern,
und nia verlassn, kam a schware Zeit,
ih bin bei dir, denn oaner braucht den andern,
und des versprech ma(r) uns vorm Herrgott heut.

Seit ih dih gsehgn, kann ih dih nimmer missn,
wia ih nur sein hab kinna ohne dih,
ih bin so glücklih, heut solln's alle wissn,
des is der schönste Tag im Lebm für mih.

Es is koan Tram, is unser neues Lebm,
mein Herz, mein Sinn, der is für allweil dein,
mein ganze Liab will ih dir heute gebm,
's wird bis zum letztn Atemzug so sein.

Weitere Bücher von Angelika Fürthauer

erschienen im Verlag Denkmayr, Linz

Meine Guatn Seitn

Zeitgenössische Mundart

96 Seiten · € 11,50 · ISBN 3-901838-64-3

Eine unterhaltsame Mischung rund um den ländlichen Alltag mit fröhlicher Hintergründigkeit.

Aus dem Inhalt:

Liebe rustikal – Die Tür – Blumenzwiegespräch – Da kloane Stern von Bethlehem – Fernsehn in Bethlehem …

Liebe rustikal

Er hat koa Reitpferd, er hat Küah,
statt Champagner trinkt er Bier,
statt joggen maht er s'Fuattagras,
statt Tennis spielt er ersten Bass,
fahrt statt an Porsche sein VW,
er brockt sich's Semmerl in Kaffee,
statt Turnschuah mag er Gummistiefel,
statt Austern Essigwurst mit Zwiebel
und kauft i h r statt an Blumenstrauß
drei G'schirrtüachln im Lagerhaus.

Sagt statt „pardon" nur sapperlott,
und statt „zum Wohle" helf dir Gott!

Gar nia sagt er „ich liebe dich"
und solche neumoderne Sprüch.

Der Fall is durch und durch normal,
nur is halt „Liebe rusikal"!

Weitere Bücher von Angelika Fürthauer

erschienen im Verlag Denkmayr, Linz

Im Seitenspiegel

Zeitgenössische Mundartgedichte

94 Seiten · € 11,50 · ISBN 3-901838-94-5

Mit Mutterwitz und scharfer Beobachtungsgabe, Nachdenklichkeit und Selbstironie ist der Blick in den Seitenspiegel ein köstlicher Begleiter für Jung und Alt.

Aus dem Inhalt:

XL-Pfoad – Klassentreffen –
Alpenland Highlife –
Piefke Weihnachtssaga –
Engelsgeneralprobe …

Der Über-Lebensspaß

Weil der Wohlstand heut bewirkt,
dass jeder zammkafft, was er siagt,
kimmt nu dö Zeit, wo ihm dös ois
amal außahängt zum Hals.

Für d'Wirtschaft wär kurz oder lang
dös der totale Untergang,
und so hat sie sich was erdacht,
dass ja vom Kaufrausch neamd erwacht
und der brave Konsument
weiter wia a Luster brennt.

Den Spaß. – Dös hört sich harmlos an,
doch kriagt man nimmer gnuag davon,
weil koan, der ihn für sich entdeckt,
der Ernst des Lebens noch richtig schmeckt,
und zum Genießen, ganz nach Maß,
gehört heut jede Menge Spaß.

Der Einkaufsspaß zu kleinen Preisen,
der Ferienspaß bei Urlaubsreisen,
der Bastelspaß für Unbegabte,
der Wahnsinnsspaß für Übergschnappte,
der Blitzblankspaß beim Bodenschrubben,
der Kochspaß mit dö Packerlsuppen,
der Diätspaß für Kaloriensünder,
der Kreditspaß für Familiengründer,
der Strahlerküssespaß für d'Zähnd
und der Geschirrspülspaß für zarte Händ.

Die Mini-, Riesen-, Superspäße,
geschickt verpackt nach Preis und Größe,
san auf der Mausefalln der Speck.
Vor lauter Spaß is s'Geld bald weg!
DRUM rat ih euch jetzt still und leis,
eh's arm seids wia dö Kirchenmäus:
An GSPOASS muass ma sich selber machen,
sunst hat man s'ganze Lebn nix z'Lachen!

Weitere Bücher von Angelika Fürthauer

erschienen im Verlag Denkmayr, Linz

Auf den Versen von Stadt und Land

Gedichte für Lachdenker

96 Seiten · € 11,50 · ISBN 3-901123-79-2

Eine „literarische Schmunzelreise" auf den „Versen von Stadt und Land" mit Lachdenkergedichten, die schon eine beachtliche Anhängerschar gewinnen konnten.

Aus dem Inhalt:

Traumgartenprospekt – Preissturzgefahr – Fliegenverhaltensforschung – Christkindlerpresser – Keksdosengespräch – Bethlehem auf österreichisch – Der erste Tag vom Rest des Lebens …

Die Wirts-Haustiere

Im Wirtshaus bei der Post is heut
der Stammtisch voller Mannerleut
und wann man hinhört, gehts genau
so zua wia auf a Kleintierschau.

Mei, is dös a fesche Katz!
Springt glei oana auf vom Platz.
Andre schrein wieder: Da flippst aus
bei a so a süaßn Maus!
Und die Ältern schaun nur groß
und schwärmen: So a liaba Has!

Die oan sagn: Ah! Die andern: Oh!
Als hätt der Wirt an Streichelzoo
dabei gibts in der Gaststubn drin
nix – wia a neiche Kellnerin!

Weitere Bücher von Angelika Fürthauer

erschienen im Verlag Denkmayr, Linz

Frohkost und Lachspeisen

Gedichte für's Hirn und Nachtkastl

96 Seiten · € 11,50 · ISBN 3-901838-25-2

Als Hauptmahlzeit und für zwischendurch:
Humorvoll, zeitkritisch, übermütig formuliert,
Frohkost zum Schmunzeln und Innehalten.

Aus dem Inhalt:

Hausbesuche per Fernbedienung –
Im Gourmettempel –
Geisterfahrerliebe –
Mettnnachtsmodenschau –
Schlagzeilenbotschaft ...

Modewort mit Mutterwitz

Dass jeder, der im Leben steht
statt deutsch heut liaba englisch redt –
weil d'Muattasprach von fruah bis spat
zweng Ausdruck und zweng Action hat –
merkt man auch am Wörtchen Kind
dös aus dem Sprachgebrauch verschwindt.

Heut sagt ma zu dö Kinder „K I D S".

Ih halt dös Ganze für an Witz
und brauch so Modewörter nia,
denn, wann ih richtig kombinier
is nämlich, soviel ih woaß,
die Muatta von an Kitz – dö G o a ß ! ! !

Weitere Bücher von Angelika Fürthauer

erschienen im Verlag Denkmayr, Linz

Feiertag & FreUzeitwünsche

Für einwendige und auswärtige Anlässe

104 Seiten · € 13,00 · ISBN 3-901838-65-1

Eine herz- und scherzhafte Sammlung für einwendige und auswärtige Anlässe: Taufe, Hochzeit, Geburts- und Muttertag, Klassentreffen. Freuzeitgedichte zum Genießen, Vorlesen und Auswendiglernen.
Aus dem Inhalt: Patriot in rotweißrot – Eurotische Gefühle – Rendezvous zum Friendstarif – Anlaßgedichte für Feste im Feiertakt – Christklinglfest – Das letzte Kalenderblattl …

Sa-Tierischer Muttertag

Macht uns der Mai mit seinen Wonnen
am Muttertag zu Hauptpersonen –
bewirkt dös auch bei meinem Alten
a wahrhaft sonderbars Verhaltn.

Beim Frühstück sagt bereits mei Spatz,
was normal ih sag: Nimm doch Platz!
Rennt ma mit Blumenstrauß und Packerl
nach wia unser treuer Dackerl,
steckt ma a Tortenstück in Mund
wia er's gwöhnt is bei sein Hund
und geht, ih kunnt mih ja verirrn –
einghängt mit mir in Park spaziern.

Und weil ih stundnlang nix hör
als Zuckerschneck und Pussybär
und dass ih sei Mausi bih –
braucht sich neamd wundern, dass ih mih
ernsthaft mit dem Gedanken trag,
statt Mutter- wär – Welttierschutztag!

Weitere Bücher von Angelika Fürthauer

erschienen im Verlag Denkmayr, Linz

Sternzeichen für Lachdenker

Himmlisch & Bodenständig

112 Seiten · € 13,00 · ISBN 3-902257-05-9

Eine amüsante Version über die 12 Tierkreiszeichen und 36 Lachdenker-gedichte für den fröhlichen Alltag.

Aus dem Inhalt:

Spaziergang mal zwei –
Reich, reicher, Österreicher –
Bastelstund in Bethlehem …

Der Widder:

… da steht jeder nebn dö Schuach,
der ihn als „Woasal abtuan möcht.
Er tragt das Gütesiegel „echt“ …

Der Stier:

… ihre Geduld is endlos lang,
doch wehe, wer den Freiheitsdrang
unter dem dicken Fell beengt
und droht, dass er sie kürzer hängt …

Der Zwilling:

… die zwei Seelen in seiner Brust
san schuld an diesen Turbulenzen.
Sei Übermut kennt selten Grenzen …

Der Krebs:

… denken andre nur an sich,
stellt er im Lebn das eigne Ich
immer in den Hintergrund …

Der Löwe:

… warum kassiert der Vater Staat
fürs Löwenkind im Zeichen Feuer
eigentlich koa Luxussteuer …

Die Jungfrau:

… bei ihr dahoam is so steril
dass'd glaubst, die Vorfahrn von ihrn Opa
warn bluatsverwandt mitn Meister Propper! …

Die Waage:

… hast dös Glück und sie zum Freund
in guten wie in schlechten Zeiten
kannst mit ihr olles, nur net streiten …

Der Skorpion:

… Hauptsache geheimnisvoll,
da fühlen sie sich pudelwohl
denn ihre mystische Natur
is stets der Wahrheit auf der Spur …

Der Schütze:

… so Freibeuternaturen halten
die Ehe fast für Haftanstalten
mit Bohnerwachs und Spießigkeit …

Der Steinbock:

… dass er sich auf dem Weg verirrt,
verschaut oder gar resigniert
is so guat wia ausgeschlossn …

Der Wassermann:

… wer zu behaupten wagt, dass er
a Endprodukt vom Schneemann wär
schwebt in geistiger Umnachtung …

Die Fische:

… sie sind äußerst schwer zu fassen
und maßt sich's trotzdem einer an
landet er selber in der Pfann …

Weitere Bücher von Angelika Fürthauer

erschienen im Verlag Denkmayr, Linz

Bandlkrama-Liadabüachl

64 Seiten · € 11,50 · ISBN 3-902257-34-2

Mit diesem Buch erfüllt sich der Wunsch vieler Bandlkrama-Anhänger.
Zur eigenen Erheiterung, zur Unterhaltung in froher Runde – mit diesen Liedern haben Sie die Lacher auf Ihrer Seite.

Aus dem Inhalt:
Handy-Gstanzl – Dein Friseur – Hausfrauen Gstanzl –
Der ausländische Bauernkalender …

Wenn ich Ihnen auch mit Musik und Gesang in den verschiedensten Formationen aus meiner „F a m i l i e n w e r k s t a t t“ behilflich sein kann, rufen Sie mich einfach an.

MEINE ADRESSE:

Angelika Fürthauer

Feld 2

A-4853 Steinbach am Attersee

Telefon & Fax: 07663/288

Mobil: 0664 55 10 486

E-Mail: angelika.fuerthauer@salzkammergut.at

http://beam.to/angelika.fuerthauer

Angelikatessen